... je trouvais ma mère sous l'arbre, passionnément immobile...

Colette, *Sido*

martine delerm

IMMOBILES

seuil

Il fait un temps à s'asseoir
un instant.
S'asseoir sans attendre
pour attendre

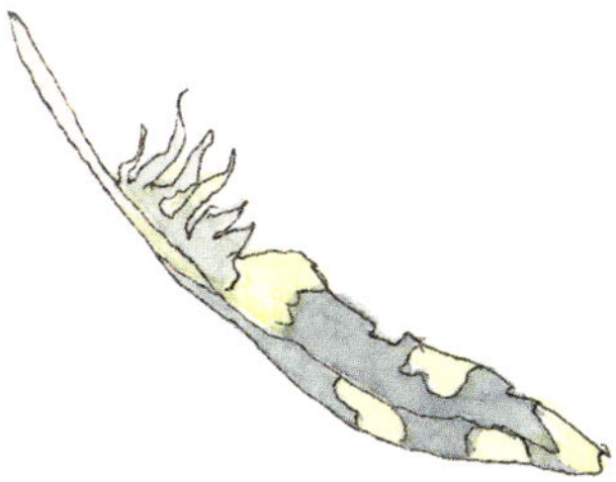

et devenir voyage, paysage et silence.

Immobile
parmi ce qui se hâte
quatre à quatre.
Immobile
pour arrêter le temps.

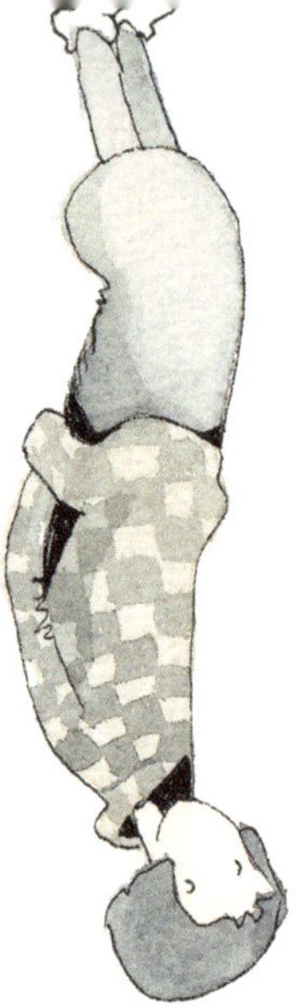

Pour inventer l'envers de soi

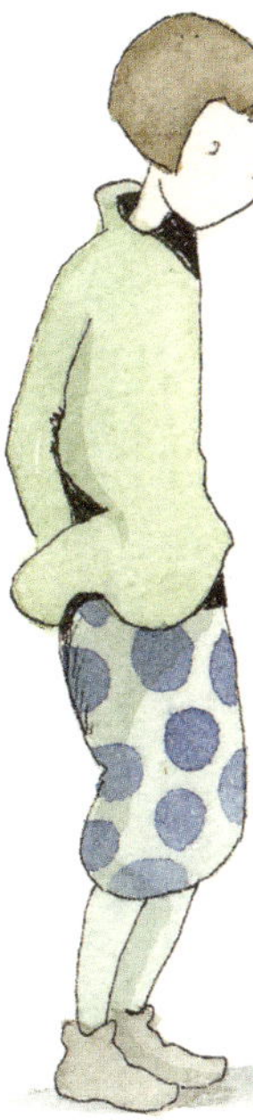

et le recoudre à l'endroit.

Il fait un temps de mandarine,
de neige,
de mimosa au bout des doigts.
Un temps
pour retrouver l'enfance en soi,

avoir un ballon à soi, rien qu'à soi,

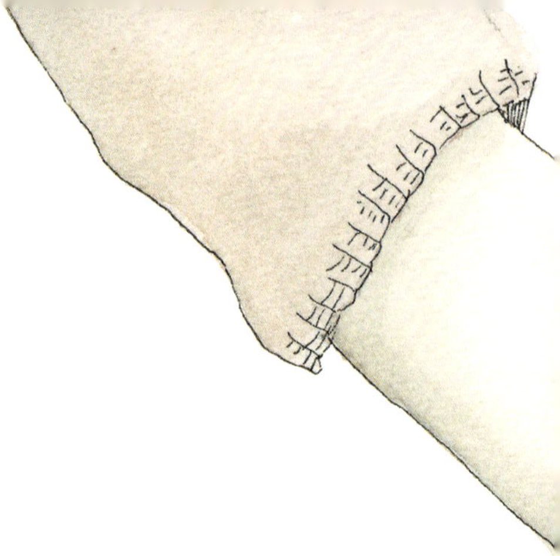

guérir les brûlures

et déposer les armes.

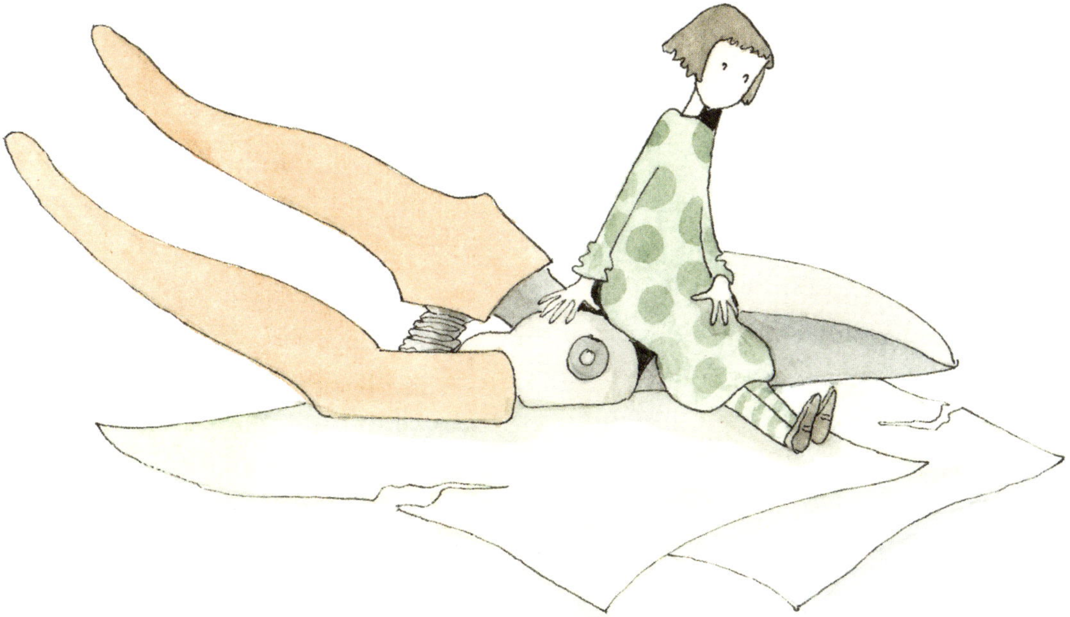

Andersen

Quelque part en été,
un temps d'écume et d'eau salée.
Un temps étale, idéal.

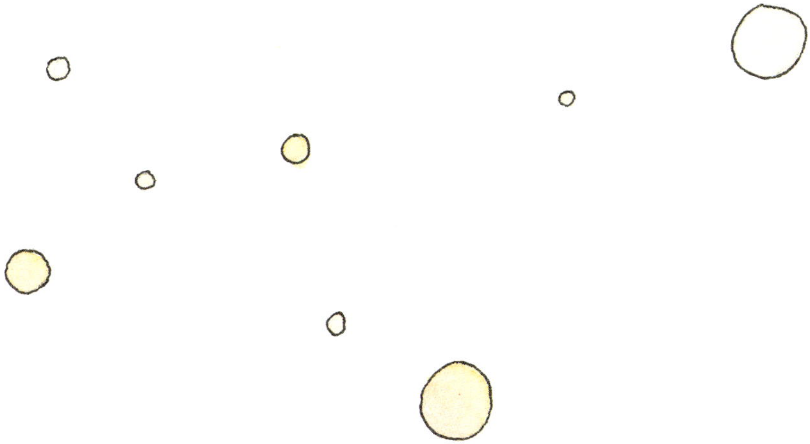

Il fait un temps de semaine

pour inventer des dimanches.

Immobile,
infiniment petit,
inventer l'infiniment grand.

Il fait un temps à ne pas filer doux,
ne pas marcher droit.
Un temps pour dire *non* et *ne pas*.

Il fait un temps
à ne plus être regardé.
Immobile pour regarder
et refermer en soi
les grands trous d'ombre.

Un temps à laisser le monde gronder,
à ne plus avoir peur du soir.
Immobile devenir sage.

Quelque part en automne
un temps de feuilles à ramasser,

un temps de temps qui passe à retenir.

Enchanter la grisaille

des jours

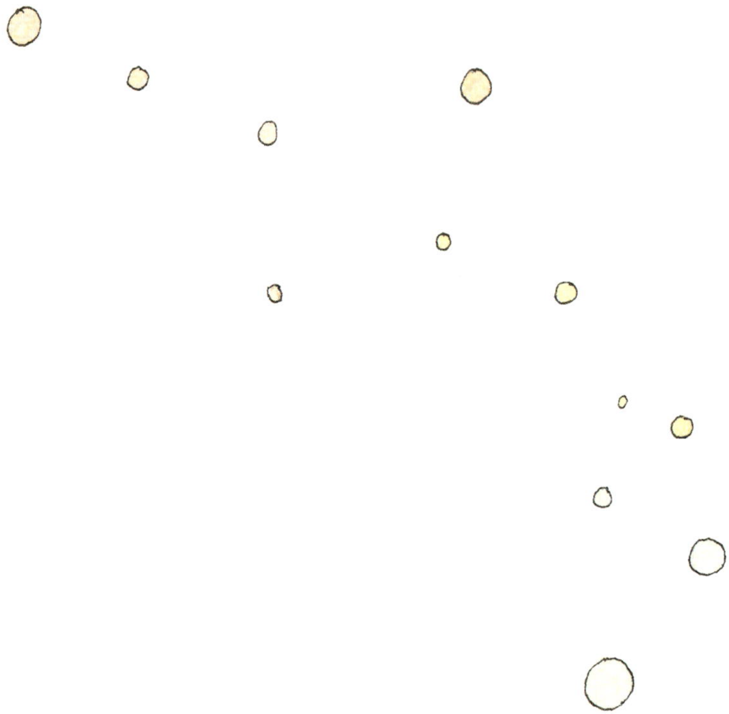

et oser immobile la fragilité fragile.

Quelque part en hiver
un temps à s'enlainer
d'écharpe et de flocons.

Se poser tous les *pourquoi* et ne plus tenter d'y répondre.

Juste porter en soi
ceux qu'on aime
et qui vivent
dans un pays
qui saigne.

Il fait un temps de confidences,
à laisser filer des lambeaux de soi.

Un temps à défroisser les chagrins,

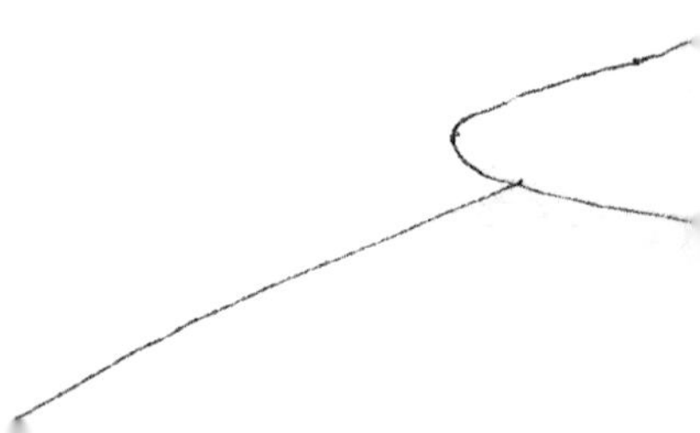

un temps à recoller les morceaux de soi.

OCH

Immobile écrire sa vie
sans gâcher le reste du papier.

Il fait un temps à ne plus rien rater,
ne rien oublier.
Un temps pour se multiplier.

Un temps pour aimer les choses,
les autres et la vie.
Un temps

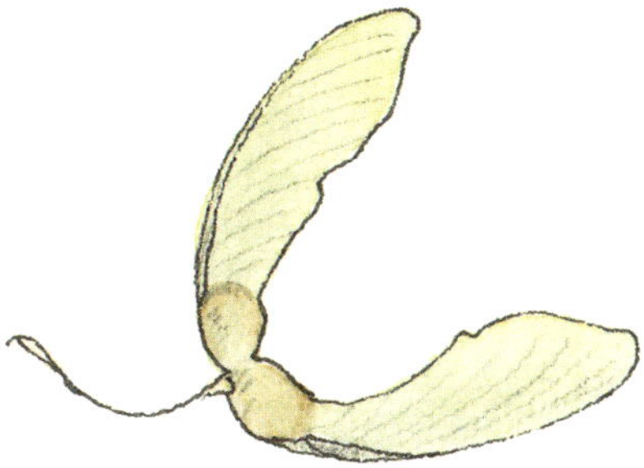

sans carte de séjour,
si léger
qu'on pourrait voler.

Quelque part, hors saisons,
un temps de rêves à semer
pour penser, panser, passer.

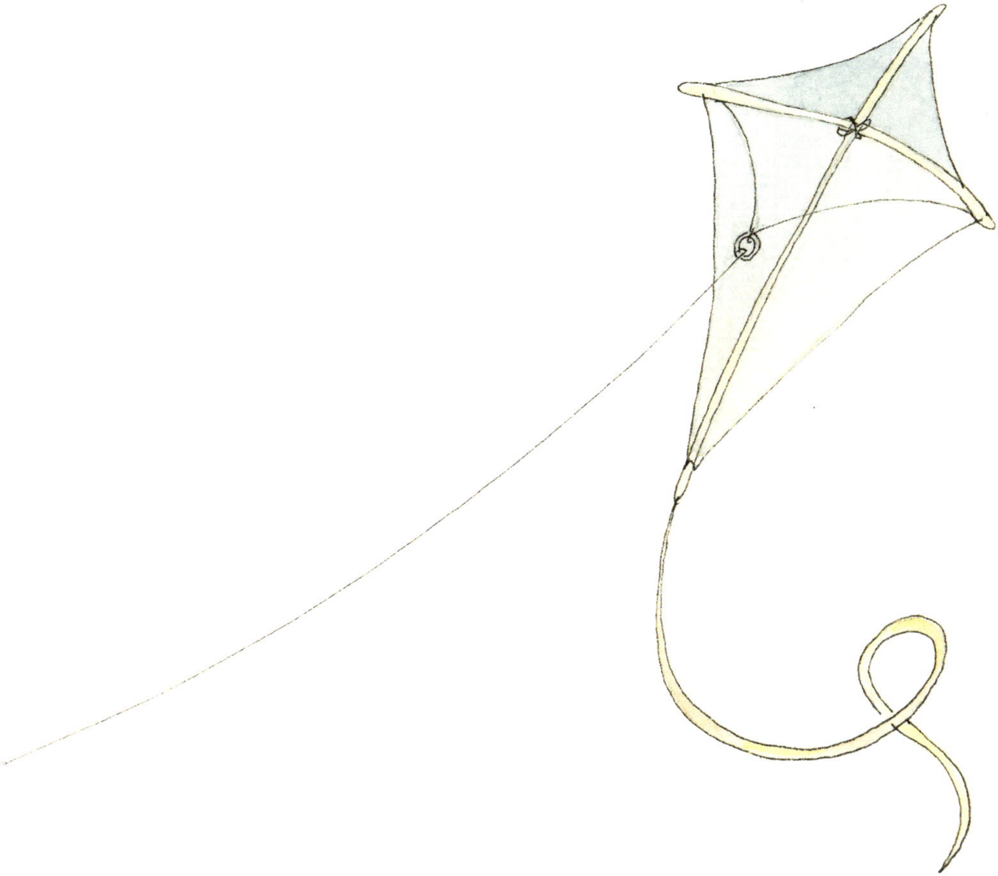

Un temps pour s'asseoir et résister au vent.

Immobile.

Oser s'asseoir.

Immobiles

Il fait un temps à s'asseoir un instant.
S'asseoir sans attendre pour attendre et devenir voyage, paysage et silence.
Immobile parmi ce qui se hâte quatre à quatre.
Immobile pour arrêter le temps. Pour inventer l'envers de soi et le recoudre à l'endroit.
Il fait un temps de mandarine, de neige, de mimosa au bout des doigts.
Un temps pour retrouver l'enfance en soi, avoir un ballon à soi, rien qu'à soi,
guérir les brûlures et déposer les armes.
Quelque part en été, un temps d'écume et d'eau salée.
Un temps étale, idéal.
Il fait un temps de semaine pour inventer des dimanches.
Immobile, infiniment petit, inventer l'infiniment grand.
Il fait un temps à ne pas filer doux, ne pas marcher droit.
Un temps pour dire *non* et *ne pas*.

Il fait un temps à ne plus être regardé.
Immobile pour regarder et refermer en soi les grands trous d'ombre.
Un temps à laisser le monde gronder, à ne plus avoir peur du soir.
Immobile devenir sage.
Quelque part en automne un temps de feuilles à ramasser,
un temps de temps qui passe à retenir.
Enchanter la grisaille des jours et oser immobile la fragilité fragile.
Quelque part en hiver un temps à s'enlainer d'écharpe et de flocons.
Se poser tous les *pourquoi* et ne plus tenter d'y répondre.
Juste porter en soi ceux qu'on aime et qui vivent dans un pays qui saigne.

Il fait un temps de confidences, à laisser filer des lambeaux de soi.
Un temps à défroisser les chagrins, un temps à recoller les morceaux de soi.
Immobile écrire sa vie sans gâcher le reste du papier.
Il fait un temps à ne plus rien rater, ne rien oublier.
Un temps pour se multiplier.
Un temps pour aimer les choses, les autres et la vie.
Un temps sans carte de séjour, si léger qu'on pourrait voler.
Quelque part, hors saisons, un temps de rêves à semer pour penser, panser, passer.
Un temps pour s'asseoir et résister au vent.
Immobile.
Oser s'asseoir.

Martine Delerm

MIXTE
Papier | Pour une gestion forestière responsable
FSC® C106954
www.fsc.org

Mise en page : Marie Barbelet

ISBN : 978-2-02-157160-8
Photogravure : IGS-CP
Achevé d'imprimer en février 2025 sur les presses de Florjancic, en Slovénie.
Dépôt légal : mars 2025. N° 159850

DU MÊME AUTEUR

Seuil

Papiers de soi

Juste en soi

Peut-être

Presque soi

Avec Philippe Delerm :

Fragiles

Ici

Secrets d'albums

TohuBohu

La Vie infinitive

Cipango

Antigone peut-être